Bienvenido pequeño _____

naciste el:_____

la hora fue: _____

el color de tu cabello fue: _____

el color de tus ojos fue: _____

tu peso y estatura fueron:_____

estabas... _____

_____

_____

bienvenido

chiquito

(una carta de amor para ti)

por Sandra Magsamen

sourcebooks jabberwocky

El día en que tú naciste, sentimos **amor** a primera vista. Te dimos la bienvenida, chiquito, y te abrazamos muy fuerte.

Nuestros corazones

simplemente se hicieron más grandes

la primera
miramos
dulces

vez que
tus
ojos.

La esperanza y la felicidad danzaron en el aire.

La alegría llenó nuestros corazones y se propagó por todas partes.

Te hicimos una **Promesa** ese mismo día. Esto, mi precioso, es lo que quisimos decirte...

Apreciaremos

las cosas que son únicamente tuyas-Tus talentos, tus esperanzas y tus deseos, también.

Te arrullaremos una canción. mientras nos

mientras te cantamos
Te leeremos cuentos
escuchas atento.

Te mostraremos
las estrellas
Nuestro
estará
con el
los

la belleza de
en el cielo.
Amor
contigo
paso de
años.

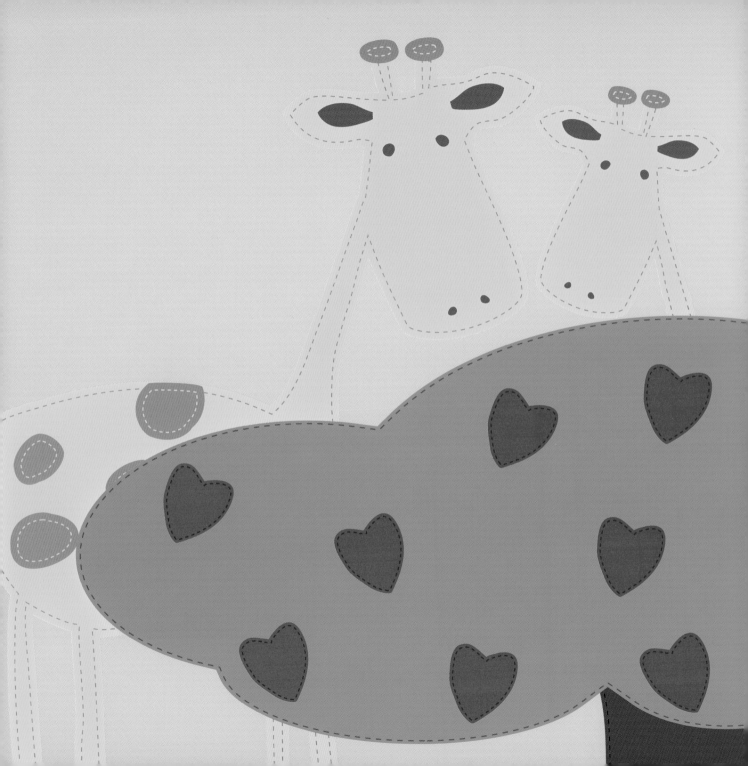

Te enseñaremos a ver
la vida desde distintos
puntos de vista.
Y estaremos ahí para
ayudarte a
que tus
SUEÑOS
se hagan
realidad.

El mundo se ★ convirtió en un lugar más maravilloso, desde el momento en que vimos tu ★ **hermosa** cara.

Publicado por Sourcebooks Jabberwocky, un sello de Sourcebooks, Inc.
P.O. Box 4410, Naperville, Illinois 60567-4410
(630) 961-3900
Fax: (630) 961-2168

Procedencia de la Producción: 1010 Printing International Ltd,
North Point, Hong Kong, China
Fecha de producción: February 2019
Número de tiraje: 5013676

Impreso y encuadernado en China.
OGP 10 9 8 7 6 5 4 3 2 1